KB181867

한국 희곡 명작선 135

망각의 나라

한국 희곡 명작선 135

망각의 나라

신영선

평민사

신경선

망각의 나라.

등장인물[1]

아란　　　바이칼의 화신(火神), 가락국의 왕후
수로(首露)　옥저의 태자, 아란의 남편, 가락국의 왕
황옥(黃玉)　중국 남부 파족(巴族) 장의 딸
단주(丹舟)　황옥의 심복, 연인
현무(玄武)　바이칼의 수신(水神), 아란의 오빠, 가야의 거북 수
　　　　호신
탈해(脫解)　아도간의 서자
안홍(雁鴻)　아란의 시녀, 독로국의 유민
아도간(我刀干), 여도간(汝刀干), 유천간(留天干), 신귀간(神
　　　鬼干)　토착 세력의 수장들
소년과 소녀　남매 지간인 동네 아이들
병사들, 그 외 가락국 사람들

때

기원 전후, 봄
-청동기와 철기, 군장국가와 왕권국가, 신정(神政)과 세속정의
교체기, 경계의 시간

곳

금관가야(구야국, 가락국)[2]

광활한 대륙의 남쪽 끝. 땅과 바다, 강과 바다가 만나는 경계의
공간, 철새와 해상 교역선이 오가는 교통의 중심

무대
무대 전면에 포구, 우물과 거북상, 무대 안쪽에 큰 토기 화로, 후
면에 나무 기러기가 두 마리 얹힌 솟대, 후면에 불규칙하게 쌓인
강둑, 너머로 호리촌트에 일렁이는 물빛, 무대 뒤로 끝없이 펼쳐
진 자작나무의 원시림.

---

1) 수로, 황옥, 탈해, 수장들의 이름은 삼국유사의 가락국기 편을 따랐다.
2) 현재의 김해 지방

1막

1장. 우물

석양이 붉다. 어린 남매가 우물을 돌며 노래한다.

거북아 거북아 머리를 내어라
내놓지 않으면 구워서 먹으리

현무, 등장하여 아이들을 바라본다. 그는 핏기가 없고 먼 여행을 한 행색이다. 젊은 편이나 나이를 분간하기 어렵다. 아이들은 눈치채지 못하고 계속 노래한다.

거북아 거북아 찬이슬 맺혀라
맺히지 않으면 까맣게 탄단다
거북아 거북아 비바람 불러라
부르지 않으면 말라서 죽는다.
거북아 거북아 소나기 내려라
내리지 않으면 눈물비 내린다

아이들은 거북상에 비는 시늉을 한다. 안홍이 물동이를 들고 집안에서 나온다. 그녀는 무표정하다. 아이들은 자기네끼리 속삭인다.

소녀   아란 마마네 백치다.

소년   할머니가 그러는데 가락국 애들을 잡아다 피를 빨아먹는대.

소녀   정말이야?

소년   가뭄도 저 백치 탓이라던데.

소녀   어젠 마마 탓이라며.

소년   나도 몰라. 할머니가 그랬어.

소녀   집에 가자.

아이들은 안홍의 눈치를 보며 슬금슬금 사라진다. 그녀는 무관심하게 물동이에 물을 채우다가 두레박을 떨어뜨린다. 물 긷는 동작과 두레박 떨어지는 소리로 미루어 우물이 대단히 깊은 것을 알수 있다.

현무   (흙을 만져 보며 방백) 흙이 좋기도 하다. 지세가 유리하고 땅이 비옥하니 부러울 것이 없겠으나… 가뭄이 오래로구나. (우물가에 앉으며) 아가씨, 물 좀 주시겠소?

안홍   낯선 분이군요.

현무   아가씨도 그렇소.

안홍   모르겠습니다.

현무   그러시오. (그는 우물을 들여다본다)

안홍	보시다시피.
현무	그 물동이의 물이라도 좀 주시구려.
안홍	마님이 물을 길어오라 하셨습니다.
현무	우물가에 와서 물 한 모금 얻어 마시지 못한대서야 말이 되겠소.
안홍	마님은 엄한 분입니다.
현무	무엇하러 물을 떠오라 하시었소?
안홍	양귀비 차를 달이십니다.
현무	(방백) 제대로 찾아왔구나. (안홍에게) 아가씨께서 약으로 쓰시는구려.
안홍	그런가 봅니다.
현무	엄한 분이 아니로군요.
안홍	모르겠습니다.
현무	(미소) 아닐 겁니다.

그는 일어나서 물동이를 건네받아 천천히, 의식적으로 물을 우물 주변에 붓는다. 그녀는 놀라지만−안홍이 보이는 첫 번째 감정변화이다− 그의 표정이 너무 진지해서 말릴 수가 없다. 물 한 동이를 다 쏟은 그는 정말 물을 들이킨 것처럼 후련하다는 몸짓을 한다.

현무	후… 이제 살겠네. 고맙습니다. (그녀의 표정에는 아랑곳없이 뒤편의 집을 눈짓하며) 아가씨는 이 댁에 계시오?

안홍	어디서 오신 뉘신지요.
현무	(웃는다) 보시다시피 먼 길을 온 사람에게 꽤나 매정하시구려. 아가씨는 이 댁에 계시오?
안홍	그렇습니다.
현무	댁에 큰 화로가 있지 않습니까?
안홍	네.
현무	불이 번질 때가 됐으니 이 우물도 머지않아 마를 겁니다. 하지만 그렇게 되면 아가씨가 곤란하지 않소. 이제 우물 밑의 거북이가 물 한 동이를 다 마셨으니 한동안은 마르지 않을 겁니다.
안홍	(경계하며) 이 우물은 마른 적이 없습니다.
현무	우물에 사는 거북이는 누구에게나 물을 주지요. 하지만 정작 거북이에게 물을 주는 사람은 없는 게 세상인심이랍니다.
안홍	(무관심으로 돌아간다) 무슨 말씀인지 모르겠습니다.
현무	(방백) 말라서 다 갈라졌구나, 어쩌다 이리 되었는고. (물동이를 내려놓는다) 길이나 물읍시다. 기러기를 보려면 어디로 가야 하오?
안홍	안뜰의 솟대 위에 앉았습니다.
현무	겨우내 기러기가 머문다 하여 보러 왔습니다.
안홍	철새는 오래지 않아 떠나는 법입니다.
현무	떠날 때가 있고 돌아갈 때가 있으니 근심할 것 없소.
안홍	떠나온 곳을 잊었으니 돌아갈 곳도 없습니다.

아란	(안에서 부른다) 안홍아.
현무	잃을 때가 있고 찾을 때가 있는 법이오.
아란	(나오며) 안홍이 거기 있느냐. (안홍에게) 또 포구를 헤매는가 하였다. 물동이는 어찌 했느냐.

안홍은 말없이 현무를 가리킨다. 현무는 물동이를 앞에 놓고 우물의 석상에 기대어 앉아 있다. 아란은 현무를 알아보지 못하고 안홍의 말을 헛소리로 생각한다.

아란	두레박을 잃어버린 게로구나. 괜찮다.
현무	(방백) 많이 변했구나. (안홍에게) 아가씨 이름이 안홍이었구려.
안홍	마님이 그렇게 부르실 뿐입니다.
아란	날이 저무니 그만 들어가자.
현무	기러기란 뜻이군요.
안홍	기러기가 모이는 섬에서 저를 데려오셨다고 그렇게 부르십니다.
아란	그날 일을 기억하는구나. 이젠 괜찮으냐?
현무	오다가 전란으로 황폐한 섬을 보았습니다. 고향인가요?
안홍	기억나지 않습니다.
현무	잊지 말아야 할 것을 잊었구려.
아란	괜찮다. 들어가자.
안홍	(괴롭게) 군이 기억할 것도 없지 않습니까.

아란	또 헛소리를 하는구나. 약을 달여 주마. 따라 오너라.
안홍	예, 마님.

아란과 안홍 퇴장. 현무는 한숨을 쉰다.

| 현무 | 세월이 흐르니 거북은 돌이 되고 기러기는 나무가 되었구나. |

2장. 회의

토착 세력의 수장들이 모여 있다.

유천간	그간 안녕들 하시었소. 무슨 놈의 봄이 이리도 더운지….
신귀간	벌써 3년째가 아닙니까, 고을의 원성이 자자합니다.
여도간	우리도 죽을 지경이오. 소문들은 들으셨소이까.
유천간	무슨 말씀이오?
여도간	수장들이 거북신의 노여움을 산 탓이라고 합디다.
신귀간	그런 말도 안 되는….
여도간	그러게 말입니다.

아도간이 탈해[1]와 함께 등장한다. 아도간은 화려한 차림의 노인

---

1) 석탈해의 출신은 분명치 않다. 석탈해가 대표하는 집단은 가락국에 수로 집단보다 나중에 도착하여 수로 집단과의 경쟁에서 밀려난 것으로 추정된다.

이다. 탈해는 민첩하고 쾌활하며 냉소적인 청년이다.

아도간	말이 안 될 것도 없지요.
유천간	그게 무슨 말씀이오.
신귀간	오셨습니까?
아도간	자고로 물을 다스리는 것은 군주의 일입니다.
신귀간	우리야 군주가 아니지 않습니까.
아도간	지금의 군주를 선출한 사람들이 누구입니까.
신귀간	그거야… (탈해를 보고, 말을 돌리려고) 이 청년은….
아도간	내 아들이오.
신귀간	인물이 훤하구려. 좋으시겠습니다.
여도간	아도간 댁에 아드님이 계시다는 이야기는 오늘이 처음입니다만.
아도간	넓은 세상 구경을 내보냈었지요.
탈해	(웃는다) 밖에서 기른 탓입니다. 탈해라고 합니다.

일동, 술렁인다. 웃는 사람도 있다. 탈해 본인은 여유만만하다.

아도간	아니, 이놈이….
탈해	무례했습니다. 내내 바람을 맞고 살다 보니 버릇이 없어졌나 봅니다.
유천간	아무려면 어떻소. 활달한 기상이 꼭 우리 마마가 처음 오셨을 때 같구려.

여도간 뭐요?

유천간 수로 마마께서 북방에서 처음 오셨을 때[2]에도 꼭 이런 청년이 아니셨소?

여도간 대체 하고자 하는 말이 무엇이오.

유천간 별 뜻은 없소이다. 흥분이 과하시구려.

아도간 수로 마마야 신통력도 있으시고….

신귀간 말 달리고 활 쏘시는 일이야 따를 자가 없지요. 신통력이야 아란 마마의 일 아니오.

유천간 전 같지는 않지요. (탈해에게) 무예나 병사 일을 즐기시는가?

탈해 남들만큼은 합니다.

신귀간 두 분 마마께서 늦으시는구려.

아도간 허허… 세월을 낚으시는가….

유천간 오늘 자리가 거북하시지 않겠소?

아란 등장. 피부가 희고 호리호리하며 위엄이 있다. 간소한 흰 옷을 입었다. 모두 말없이 예를 차린다.

유천간 가뭄이 오래니 원성이 자자합니다.

신귀간 저희 고을에는 벌써 기근이 들었습니다.

여도간 심상치 않은 기운이 돌고 있소.

---

2) 김수로왕은 북방계 유민 집단을 대표하는 것으로 해석된다. 이 집단은 기원을 전후하여 한반도 남부로 남하하여 무력으로 토착 세력을 지배한 것으로 보인다. 여기서는 가락국기의 기록을 함께 고려하여 이 정권이 선진적인 군사력과 토착 세력의 타협에 기반한 것으로 가정하였다.

유천간	민란이라도 날 것 같습니다.
아도간	대책을 내려 주시지요.
아란	고충이 많으시오. 어찌하면 좋겠는지 말씀들 해보시오.
아도간	마마께서는 대책이 있으신지요.
아란	아도간께서도 마음에 품으신 바가 있지요?
아도간	논밭이 마르니 기근이 들고 기근이 드니 병이 생기는 것입니다. 주위 소국들에 아직 양식이 있으니 먼저 군사를 일으켜 양식을 취하는 것이 가장 빠른 길입니다.
여도간	그렇습니다. 탁순국[3]에도 아직 식량이 있다고 합니다.
아란	안될 말씀이오. 전란으로 강토가 피폐하고 민심이 흉흉한데 또 군사를 일으킨단 말이오.
유천간	급한 불은 꺼야 하지 않겠습니까. 우선 가까운 독로국부터….
아란	게다가 이 염천에 전란을 더하여 굶주린 백성을 괴롭힐 수도 없는 일이오.

수로 등장. 중년이고 탄탄한 체격의 무인(武人)이다. 황색 옷에 검을 차고 있다. 모두 예를 차린다. 그는 말없이 답례하고 앉는다. 다른 이들은 여전히 서 있다.

아란	(그의 곁에 앉으며 조용히) 늦으셨습니다.
수로	그럴 일이 있소.

---

3) 지금의 창원 지역

아란	또 낚시를 다녀오십니까.
수로	나중에 얘기합시다.
여도간	(수로에게) 가락국을 넘보던 그 많은 무리들을 다 평정하시던 기개는 어디 가시었소. (수로는 침묵한다)
유천간	쉴 날이 없었던 그 신기(神器)도 이제는 햇빛을 보는 일이 없으니….
수로	이것은 신기가 아니오.
아란	신기란 백성을 위하는 것이오. 여러분이 각종 철기를 일러 신기라 하나 이제 그것은 병기가 아니라 다만 농기구로 써야 할 것이오. 지난날의 전란은 방어를 위한 것이었으니 피할 수 없는 일이로되 이제 피를 더 보아서는 안 될 일이오.
아도간	이왕 시작된 일이니 여세를 몰아가야 지역을 평정하지 않으면 오히려 역습을 당할 것입니다. 당장은 주변 소국을 점령하여 양식을 얻고 길게 보아서는 가야 각 나라를 우리 가락국이 일통하여 번영을 도모해야 합니다.
아란	검으로 가야를 일통하리라 생각하시오. 지금의 가뭄은 승한 화기 탓이거늘 전란으로 불의 화를 더 당하고자 하십니까.
탈해	(갑자기 끼어든다) 전쟁이 아니라 가뭄이 문제 아닙니까. 너무 멀리들 가시는군요.
아란	계속하시오.
탈해	어릴 때 일입니다만 큰 기우제가 있었던 것으로 기억합니다.

아도간	(의미심장하게) 수로 마마께서 처음 오시던 때 말이로구나.
여도간	한 분은 외적을 막고 한 분은 기우제를 지내지 않으셨습니까.
신귀간	아직도 눈에 선하오. 그 해 봄에 기우제를 지내는데 아흐레째에 수로 마마께서 싸움터에서 돌아와 제단 앞에 서시고… 두 분의 대무(對舞)가 기러기 한 쌍처럼 하늘을 나는 듯 했소.
유천간	큰 비가 내리고 그 해는 대풍(大豊)이 들었지요.
아도간	주변 소국들도 모두 와서 공물을 바쳤소.
아란	… 그때와 지금은 상황이 다릅니다.
여도간	글쎄올시다. 무엇이 다르다는 말씀입니까?
수로	같을 수도 있고, 다를 수도 있소
아란	(조용히) 마마, 무슨 뜻입니까?
수로	아도간께서는 먼저 독로국을 칠 준비를 해 주시오.
아도간	몸소 나가시겠습니까?
수로	그래야 할 듯하오.
아란	(조용히) 때가 좋지 않습니다.
수로	(조용히) 다른 방도가 없지 않소. 당신은 이제….
아란	(역시 소리를 죽여) 마마!
탈해	자, 이건 어떻겠습니까. 민심이 동요하니 큰 제전을 열고 우리 마마께서 여전히 계신 것을 보여 주시지요. 오랫동안 백성들 앞에 나서질 않으셨잖습니까. 민심을 하나로 모을 때입니다.

아란	그렇다면 우선 전쟁을 멈추고 기우제로서 민심을 달래보겠습니다.
수로	그것은….
탈해	(재빨리) 괜찮으시겠습니까? (아란, 말없이 끄덕인다)
아도간	(불만스럽게) 그것으로 해결이 되겠소?
유천간	그 기우제란 게 다 하늘에 달린 것 아니오. 결과는 알 수 없는 일이외다.
여도간	기우제를 지내도 비가 내리지 않으면 그땐 걷잡을 수 없을 겝니다.
수로	무엇을 걷잡을 수 없단 말이오?
여도간	치수는 군주의 일입니다. 군주가 치수에 능치 못하면….
신귀간	언사가 지나치시오!
아란	(사이) 모든 것이 전 같지 않으나 힘을 다해 보리다. 오늘은 늦었으니 그만들 쉬시지요. 누추하나마 성의껏 모시도록 하겠습니다.
아도간	그러나…. (모두들 술렁거린다)
탈해	(일동의 불만을 무마하며) 이거 고맙습니다. 간만에 지붕 있는 곳에서 자게 생겼으니. 여러 어르신들께서는 그동안의 전세(戰勢)나 좀 들려주십시오. 자, 가시지요.

아란과 수로를 남기고 모두 퇴장.

수로	활달한 청년이구려.

아란	바람 같은 사람입니다.
수로	나도 꼭 저런 시절이 있었지.
아란	저런 이는 한 곳에 머물지 못하는 법이니 신경 쓰실 것 없습니다.
수로	나도 그랬소. 하지만 결국 이렇게 머물게 됐지.
아란	마마도 아직 한창이십니다.
수로	떠돌기엔 늦었지. 궁을 지어야겠소.
아란	예?
수로	저들은 내가 언제든 떠날 수 있는 사람이라고 생각하지. 하지만 나도 이제 마흔이고 이 나라를 다스린 지 10년이오. 궁을 지을 때도 됐어.[4]
아란	집이야 하늘을 가리면 되는 것 아닙니까. 또한 군주의 위엄은 궁으로 보이는 것이 아니라 덕으로써 보이는 것입니다. 권위란 세우기 시작하면 한없이 높아야 하니 그저 지금처럼 백성들과 함께 머무시는 것이 낫습니다.
수로	당신은 전 같지 않다면서 여전하구려.
아란	그리고 나라 안팎이 어지러우니 낚시는 그만 다니시지요.
수로	답답하여 그렇소… 그러나 이제 기우제는 어렵지 않겠소.
아란	달리 방법이 없지 않습니까.
수로	요즘 들어 부쩍 수척하오. 이 땡볕에 열흘씩 제[5]를 지내

---

4) 가락국기에 의하면 김수로왕은 즉위 후 몇 년이 지나 궁궐을 짓기 시작했다.

5) 고대의 국행(國行) 기우제는 무당에게 고열(苦熱)을 가하여 하늘의 동정심을 자극하고 가뭄의 책임을 무당에게 돌리는 희생제의적 형태였다고 전한다.

고도 무사할 수는 없는 일이오. 그리고….

아란 제가 여위는 것은 마음에 짐이 있는 탓입니다.

수로 아직도 그 생각을 하시오.

아란 마마는 잊으셨습니까.

수로 (기억하지 않으려 애쓴다) 나는 벌써 아득하구려.

아란 저는…. (사이, 기분을 고치려 애쓴다) 피곤하신가 봅니다.

수로 (손을 잡는다) 당신도 그렇구려. 그만 들어갑시다.

수로는 아란의 어깨를 감싸 안고 들어간다.

3장. 첩자

아침. 아란은 옥을 꿰어 긴 목걸이를 만드는 데 열중한다.

아란 옥이 푸르니 꼭 물빛 같구나. 서른 길 바닥이 훤히 비치던 호수 물 같다.

안홍 등장.

안홍 아도간 나리께서 오셨습니다.

아란 모시어라. (안홍 퇴장) 엄연히 왕이 계시거늘 왜 나를 찾아 온단 말인가.

아도간이 안홍을 따라 등장.

아도간　밤새 편안하셨습니까?

아란　여부가 있겠소.

아도간　해결해 주십사 하는 일이 있어 찾아뵈었습니다.

아란　마마께서는 아직 일어나지 않으셨소.

아도간　새벽 낚시를 가신 것으로 압니다만.

아란　내가 모르는 일을 어찌 아시오.

아도간　(딴청을 부린다) 새벽에 입질이 좋은 계절입니다. 요즘 참붕
어가 산란기랍니다.

아란　아도간께서는 군무(軍務)로 바쁘지 않으십니까?

아도간　실은 그 일로 찾아뵈었습니다. 며칠 전에 아이들이 수상한
자를 하나 잡았는데 아무리 캐물어도 내력을 알 수가 없습
니다. 이것저것을 다그치자 아예 입을 다물고 굶어죽겠답
니다. 독로국이나 안라국의 첩자가 아닌가 싶습니다만 또
어찌 보면 그런 것 같지도 않고… 알 수가 없습니다. 전란이
길어지는데 첩자인 성 싶은 자를 하나라도 그냥 둘 수는 없
는 일 아닙니까. 마마의 신통력을 비는 수밖에요.

아란　(쓴웃음을 짓는다) 신통력이라 하셨습니까. 알겠소. 곧 그자
를 이리 보내 주시오.

아도간　근처 병영에 가두어 놓았으니 거기서 물으시지요.

아란　굶어죽겠다는 사람을 가두어 놓고 위협한들 무슨 소용이
있겠소. 잘 달래어 마음을 떠보는 것이 상책이오.

아도간	곧 들여보내지요. (퇴장)
아란	(안홍에게) 마마께서는 또 언제 나가셨을까. 요즘은 부쩍 출타가 잦으시구나. 무슨 생각이신지 모르겠다.
안홍	붕어가 산란철이라 하지 않습니까.
아란	낚시를 하고자 하는 이는 저 아도간일 게다. 곤란한 일을 시켜 나를 떠보든지 흠을 잡겠다는 속셈일 테지.
안홍	글쎄요.
아란	요즘 움직임이 수상하다. 갑자기 어디서 아들을 데려왔을까.
안홍	용모가 흉하지는 않다 들었습니다.
아란	(웃는다) 궁금하더냐.
안홍	(다시 무관심해진다) 아닙니다.

탈해가 단주를 데리고 들어온다. 단주는 아주 젊고 내성적인 인물로 지금은 지치고 긴장해 있다. 병사 몇 명이 따른다.

탈해	(인사를 한다) 아버님이 보내셨습니다.
아란	이 사람이오?
탈해	예.
아란	물러들 가시오.
탈해	위험합니다.
아란	병사들은 물리시게. 그대는 부친의 명으로 떠날 수 없을 테지. 그거면 충분하오. (현무의 검을 곁에 놓는다) 그리고 이

사람도 유약한 아낙은 아니라네.

탈해　　알겠습니다.

탈해는 병사들에게 눈짓을 한다. 병사들 퇴장. 아란은 여유롭게 차를 따른다.

아란　　어디든 편한 대로 앉으시오.

단주는 당황한다. 탈해는 한구석에 비스듬히 기대어 선다.

아란　　아란이라고 합니다. 가락국의 왕후 되는 사람이지요. (사이) 앉으시오.

단주는 주저하다가 화롯가에 앉는다. 화로가 타오른다. 안홍이 세 사람에게 찻잔을 준다.

아란　　드시지요. (단주는 찻잔을 든 채 굳어있다)

탈해　　아, 이런. 제가 맛을 봐야 하는 겁니까?

아란　　(단주에게) 경계할 것 없소.

탈해　　(한 모금 맛보고) 이거 괜찮군요.

아란　　몸이 풀릴 겁니다.

단주　　… 아무 것도 묻지 않으십니까?

아란　　그대가 지금 어떤 처지이든 이 집에 들어온 이상 손님으로 머무는 것이오. 아무것도 강요할 사람은 없소.

단주 이해할 수가 없군요.

아란 북방인의 습성일 뿐입니다. 그건 그렇고 어쩌다가 타국에서 이런 처지가 되신 게요.

단주 매화가….

아란 매화라?

단주 지나는 길에 매화가 있어 잠시 머뭇거렸습니다.

아란 계절을 잊고 피었나보오.

단주 매화향이 아찔하여 떠나질 못하다가… 그만.

아란 (웃는다) 싱거운 사람이구려.

단주 고향에 있는 사람을 생각했습니다.

아란 헤어진 사람이오?

단주 예… 아닙니다. 그저 어쩌다보니 고향을 등지게 되었습니다. 가락국에 와 보니 낯선 곳 같지가 않아서….

아란 그러시오. 나도 고향을 등진 지 오래라오.

단주 예….

아란 태어나 자란 땅과 물과 말을 떠나 객으로 사는 것은 스스로를 시험하는 일이지요.

단주 언젠가는 다시 가 볼 작정이십니까?

아란 땅이 허락지 않을 겝니다….

단주 저도 그렇습니다.

아란 고향이 어디쯤이오?

단주 (긴장이 풀리고 피로가 밀려온다) 저는 한(漢)에서… (목걸이를 본

다) 보기 드문 옥입니다.

아란 먼 북방의 한옥(寒玉)입니다.

단주 얼음같이 차군요.

아란 (무심하게) 옥을 볼 줄 아시는 걸 보면 한 나라에서 오신 모양입니다.

단주 (급히 부인한다) 아니오. 한 나라 사람은 아닙니다.

아란 그러시오.

단주 거짓말은 못할 것 같군요….

아란 왜 스스로를 괴롭히는 게요.

단주 사사로운 일입니다….

아란 알겠소. (탈해에게) 이 사람을 풀어주시게.

탈해 곤란합니다.

아란 적국의 첩자라고는 볼 수 없네. 가서 부친께 고하시게.

탈해 알겠습니다. (퇴장)

단주 한 나라의 왕후께서 너무 사람을 믿으시면 안 됩니다.

아란 나그네 된 처지를 헤아릴 따름이지요.

단주 마마는 정말 이상한 분이로군요.

아란 떠나도 좋소. (단주는 망설인다) 밖의 사람들은 물러갔을 것이오.

단주 (떠나려다가) 저는 파족의 사람으로 단주라고 합니다. 언젠가 남쪽 바다에서 붉은 배가 들어오거든 지금처럼 맞아주시겠습니까?

아란 그럽시다.

단주   오늘 일은 잊지 않겠습니다.

그는 정중히 인사하고 떠난다. 아란은 목걸이를 어루만진다.

안홍   위험한 일을 하셨습니다.

아란   말씨나 찻잔 잡는 품이 중원에서 온 사람이다. 한 나라 사람은 아니라 했으니 작은 부족 출신일 테지. 그곳 사람이 지금 우리 가락국과 적대할 이유가 없지 않느냐. (사이) 옥이 차구나. 화로가 그를 반겨 맞았다. 마음에 불씨를 품은 이로다.

2막

1장. 현무의 검

우물가. 현무는 우물가에 앉아 아이들과 흙장난을 한다.

아이들 거북아 거북아 헌집 줄게 새집 다오

현무 (피식 웃는다) 그놈들 욕심도 사납다. 헌집이 그렇게 싫으냐? 우리 물동이나 빚어보자.

아이들은 익숙한 멜로디를 흥얼거리며 흙장난을 한다. 탈해가 등장하여 이들을 바라본다. 안홍은 단주를 배웅하고 돌아온다.

탈해 아란 마마네 아가씨 아닙니까. 아침부터 어딜 다녀오시오.

안홍 저도 모릅니다.

탈해 배웅까지 하고 오십니까?

안홍 마찬가지 아닙니까.

탈해 아란 마마는 정말 알 수 없는 분이구려.

안홍 들어가 보겠습니다.

현무 아, 아가씨구려. 이리 오시면 물동이 하나 빚어 드리리다.

안홍 다 큰 어른이 흙장난을 하십니까.

현무   그러게 말이오. 지난번 동이는 이 사람이 깨뜨리고 말았다오.

현무를 대하는 안홍의 태도는 먼저보다 훨씬 부드럽다. 그녀는 다가가 흙을 만져본다. 현무는 익숙하게 흙을 주무른다.

탈해   도공이시오?

현무   아닙니다. 그저 아이들 장난이지요.

탈해   그저 장난 같지는 않습니다 그려.

현무   물에 젖고 불에 그슬려야 그릇이지요.

탈해   흙은 흙일 뿐입니다.

현무   (막 빚은 그릇을 들어 보인다) 옳은 말씀이오. (안홍에게) 아까 그 나그네는 누구요?

안홍   밝힐 수는 없지만 다시 온다고 했습니다.

탈해   수상한 작자더군요. 더 알아봤어야 했소.

안홍   마님이 묻지 않으셨습니다.

현무   (혼잣말처럼) 그래… 너는 나그네를 좋아했지… (모두에게) 전해오는 말 중에 비슷한 이야기가 하나 생각나는군요.

소년   옛날 얘긴가요?

현무   옛날이야기 치고 거짓말이 없는 법이지요.

탈해   (호기심을 감추며) 글쎄올시다, 영 허무맹랑한 이야기도 많아서.

현무   아주 오래된 이야기 하나 해 드리지요. 불과 10년 전 일이라는 사람도 있습니다만 이야기란 게 다 그런 거 아니겠습니까.

탈해　　그야 그렇소만. (방백) 이상한 작자구나.

현무가 이야기하는 어조는 대화할 때와 두드러지게 다르다. 아이들은 그의 이야기에 맞춰 마임을 한다. 안홍은 진흙 물동이를 들고 기러기 처녀의 역할을 한다. 대사는 현무와 나누어 할 수도 있다.

현무　　옛날 옛날에 저 멀리 북쪽 땅 옥저라는 나라에 왕과 왕자가 살았답니다. 어느 날 왕의 동생이 왕을 죽이고 왕좌를 빼앗았으나 신통한 구리검을 가진 제사장 천군이 늘 무서웠더라오. 그래서 왕자에게 말하기를, '저 아무르 강을 건너 만 리 사막 너머 풍요의 호수에 가면 구리검을 깨뜨릴 신기(神器)가 있다는구나. 신기를 찾아오면 아버지의 왕위를 돌려주마.'

탈해　　어디서 많이 들어본 얘긴데.

현무　　맞아요. 이런 이야기는 돌고 도는 거지요.

소녀　　그래서요?

현무　　왕자는 백마에 올라 한없는 광야를 향해 떠나니 꼬박 백 일 길이었다오. 강을 건너고 사막을 지나니 끝없이 펼쳐진 자작나무 숲을 만났답니다. 하얀 나무 수천 그루가 그늘을 드리우고 은빛 손을 흔들며 한 목소리로 물었지요.

'그대는 누구이며 무엇을 찾는가?' '구리검을 깨뜨릴 신기를 찾아 왔소' '그것을 얻기 위해 무엇을 바치겠는가' '내 목숨이라도' '그대는 홀로인가?' '세상 어느 것보다 외롭소' '그대는 자유로운가?' '새보다 더 자유롭소' '숲을 지나면 풍요의 호수를 볼 것이다. 호숫가에 서서 내 딸, 흰 기러기를 부르고 사흘 동안 기다리라. 그러나 경솔히 물을 더럽히는 날에는 이 숲이 용서치 않으리라.

소년　(동작을 멈추고) 이럴 땐 꼭 나무들의 노여움을 사더라.

소녀　그 얘긴 아직 멀었잖아.

현무　왕자는 자작나무 숲에서 일주야를 헤매고는 마침내 호수를 찾아내니 풍요의 호수 가운데 기이하게도 메마른 섬이 있더랍니다. 소리쳐 기러기를 부르니 물에서 기러기 두 마리가 떠올라 묻기를,
'그대가 우리를 깨우셨나요'
'내가 깨웠소'
'기다리세요'
사흘을 기다리니 기러기 한 마리는 얼굴이 하얀 처녀가 되고 또 한 마리는 손에 와서 앉았더랬소. 기러기 처녀가 묻기를 '그대는 홀로이신가요' '세상 어느 것보다 외롭소' '그대는 자유로운가요' '새보다 자유롭소'
'물 위를 걸어와 이 섬에 오르세요'
'물을 더럽히면 자작나무 숲이 노한다고 했소. 그리고 나는 헤엄을 못 친다오.

'그대가 정녕 자유롭다면 어머니 호수는 당신을 삼키지 않으며 그대의 걸음에는 부정함이 없으리다'

'정녕 믿어지지 않는구려'

'건너오시면 그대가 찾던 것과 비록 찾지 않았으나 더 나은 것을 얻으시리다'

'나는 구리검을 깨뜨릴 신기를 찾아 왔소'

기러기 처녀는 한숨을 쉬었다오.

'압니다. 그것은 쇠로 만들어 세상 무엇보다 날카로운 물건이니 하늘을 갈라 비와 바람을 부르는 현무의 검입니다' '나에게 주시오'

'신기는 이 섬에 사는 호수의 수호신 현무가 지키는 것입니다. 그대가 와서 직접 청한다면 모르겠으나 타인은 참견할 수 없는 일이오.'

'그것을 얻지 못한다면 이 호수에 빠져 죽을 테요'

기러기 처녀가 눈물을 흘리며 말하기를,

'자유로우신 그대가 나를 처로 삼겠다면 가져다 드리리다' '약속하겠소' '천지신명께 맹세하오' '하늘 아래 땅 위의 모든 것으로 맹세하리다'

'그대는 자유롭다 했으나 아니었고, 나 역시 스스로 자유롭다 여겼으나 이제는 아니구려, 기다려 주오'

처녀는 물속으로 사라지고 왕자는 기다렸더니, 한 시진 후에 호수 물이 온통 붉게 물들고 기러기 한 마리가 날아올라 자작나무 숲으로 사라지더랍니다. 처녀가 검을 들고

호숫가로 올라와 말하기를,

'술에 양귀비를 띄워 오라비에게 주고 가져왔습니다. 이제 물을 더럽혔으니 그대와 나는 정녕 성치 못하리다. 정신 차리고 따라 오십시오.' 처녀는 왕자를 인도해 숲에 불을 지르고 도망쳤지요.

소년 에이, 그만 둬요, 결국 오라비를 죽이고 아버지를 불태웠 단 거잖아. 말도 안 돼.

현무 왜 말이 안 되지?

소년 그런 일은 있을 수도 없고 있어서도 안 돼요. (소녀의 눈치를 보며) 게다가 동생이 듣는데….

현무 아이들이 듣고 자라는 게 옛날 얘기 아니던가?

소녀 아직 안 끝난 거죠?

현무 계속 해 볼까요? (이야기하던 말투로 돌아간다) 처녀는 숲의 끝 에 이르러 타다 남은 가지를 꺾어 불씨를 간수하고 말했 다오.

'이제 이 불씨로 그대가 원하는 것은 모두 얻으시리다. 그 러나 내 기러기가 나를 떠났으니 미처 알지 못하여 원하 지 않은 것은 얻을 수 없을 것입니다.'

약속대로 두 사람은 부부가 되었고 다시 100일 동안 말을 달려 옥저로 돌아왔습니다. 왕자는 현무의 검으로 천군의 구리검을 베었지만 숙부는 약속을 지키지 않았답니다. 그 래서 왕자와 숙부가 싸우는 중에 고구려가 쳐들어와 옥저 는 망하고 말았답니다.

탈해	이거야 원….
현무	왕자와 부인은 고구려를 피해 동쪽 바닷가에서 배를 타고 기러기가 옮아가는 바람의 길을 따라 남쪽 바닷가에 와 닿았습니다. 외적의 침입에 시달리던 남쪽 나라 사람들은 왕자의 무예를 좋아했고 부인은 불을 다루는 법을 가르쳐 주었답니다. 그래서 왕자와 부인은 그 나라에서 오랫동안 잘 살았다지요. 시간이 흘러 현무의 검은 전쟁터에서 부러지고 말았지만 아직도 어딘가에 전해 온다고 합다.
소녀	(안도의 한숨) 그게 끝인가요?
현무	글쎄요. 끝이기도 하고 아니기도 합니다.
소년	그런 게 어디 있어요?
현무	옛날이야기란 게 다 그렇지.
탈해	그 호수의 현무는 어찌 되었답니까?
현무	죽었다고 하지 않았소.
탈해	현무는 머리가 둘이라고 들었소[6]
현무	아… 그렇지요. 어디로든 떠나지 않았겠소.
탈해	이를테면?
현무	그거야 누가 알겠소.
탈해	아직도 누이를 원망하겠구려.
현무	아닙니다.
탈해	그것은 어찌 아시오.

---

6) 고구려 고분 등에서 볼 수 있는 현무는 머리가 둘이고 거북의 몸에 뱀의 머리를 하고 있다.

현무   (실수를 눈치 채고) 이런 이야기는 그저 한나절 듣고 흘리면 그만이지요. 무엇하러 원망한단 말을 하겠습니까. (안홍에게) 마님이 무료하신 날 들려드려도 좋겠군요.

안홍   긴 이야기입니다.

현무   오래된 이야기니 마님도 아실 겝니다. 하지만 끝부분은 저도 근자에 들은 것이랍니다.

안홍   그런가요.

2장. 황옥의 도착

여러 사람   (목소리) 배다! 남서쪽에 붉은 돛단배다! 어디? 저것 봐! 대단한 걸. 귀인이 오시나 보다. 세상에, 저럴 수가….

포구로 화려한 붉은 배의 일부가 들어온다. 아도간을 비롯한 여러 수장들과 마을 사람들이 모여 든다. 배에서 황옥이 내린다. 그녀는 젊고 오만하며 눈에 띄는 미모에 화려한 차림이다. 그녀의 뒤를 따라 비단과 금은보화 등 화려한 물건들이 실려 나온다. 여기저기서 탄성이 들린다.

탈해   한 나라의 배로군. 그 먼 길을 오면서 어찌 이리 요란한단 말인가.

아란 등장. 황옥을 맞이한다.

아란   가락국에 잘 오셨습니다. 먼 길에 노고가 많으셨습니다.

황옥   뉘신가요?

아란   저는 이 나라의 왕후 되는 사람입니다. 안으로 드시지요.

황옥   실례입니다만 처음 뵙는 분을 어찌 따라가겠습니까. 경솔한 일이지요.

아란   (무안을 참고) 물론 그러시겠지요.

황옥   이 나라의 수호신은 거북이라 들었습니다만, 어디에 모십니까?

사람들은 웅성대면서 우물가의 거북상을 가리킨다. 현무는 슬쩍 옆으로 피한다.
황옥은 치마를 벗어 거북상의 발치를 덮고 무릎을 굽혀 인사한다.[7] 그녀는 흰 속치마 차림이 된다. 웅성거림이 심해진다.

현무   이거야 원….

배에서 짐이 다 내려온다. 마지막으로 단주가 배에서 나타나 아란에게 인사를 한다. 단주는 상황을 모르고 있다가 아란의 표정과 황옥의 옷차림 등을 보고 당황한다. 수로가 등장한다. 사람들이 양편으로 갈라진다.

---

7) 연구자들은 이 행위를 이방인이 토속신에게 바치는 통과의례로 해석한다.

신귀간   마마, 오셨습니까.

수로   무슨 일이오.

신귀간   저기….

황옥   (수로와 마주선다) 아유타국의 공주인 허황옥이 가락국의 수
로 전하를 뵙습니다.

단주는 깜짝 놀란다. 탈해와 눈이 마주친다. 탈해는 씩 웃는다. 현
무의 표정은 복잡하다.

탈해   (현무에게) 아유타국? 인도 사람이란 말이군요.

현무   다 사정이 있겠지요.

탈해   어디, 두고 봅시다.

현무   (혼잣말처럼) 바람이 거칠구나.

3막

1장. 포석

아도간, 여도간, 유천간, 신귀간이 황옥의 물건을 구경하고 있다.
탈해는 그런 그들을 구경하고 있다. 단주는 말없이 황옥의 곁을
지키고 서 있다. 이 장면이 진행되는 동안 그는 황옥이 왕후가 되
고자 한다는 것을 깨닫고 충격을 받는다. 탈해의 빈정거림은 주로
단주를 겨냥한 것이고 두 사람 사이에는 미묘한 신경전이 오간다.

신귀간　빛깔이 신기합니다그려.
유천간　(무엇인가를 두드려보며) 영감, 이 소리 좀 들어보시오.
여도간　이것이 사람의 물건이라 할 수 있겠소?
황옥　(웃으며) 그렇게 놀라실 것은 없지요. 다 사람의 손으로 만
　　　　들어낸 것입니다. 저희 나라에서는 흔한 것들입니다.

유천간은 아까부터 정신을 차리지 못하고 비단을 만져보고 얼굴
에 비벼본다. 아도간은 초연한 척 하려 하지만 아무래도 눈을 뗄
수가 없다.

아도간　흠, 흠… 아유타국의 공주라 하시었소.

37

황옥   예. 멀리 인도 땅에 있지요. 불교가 시작된 성스러운 나라
          입니다.

신귀간   불교라구요?

황옥   모르십니까.

신귀간   처음 들어봅니다.[8]

황옥   (아차 싶은 표정이다) 새로 일어난 종교입니다. 한에서는 무척
          융성합니다. (말을 돌린다) 마음에 드는 것을 골라 보시지요.

유천간   예?

황옥   기념으로 드리겠습니다.

유천간   아… 하하… 이거 참….

아도간   (옆구리를 쿡 찌르며) 체면도 잊으셨소?

황옥   보잘것없는 물건입니다. 어르신들께 예물로 드리자니 부
          끄럽습니다. (어조를 바꾸어) 가락국은 지세가 유리하고 물
          산이 풍부한데 이런 것들을 부러워하실 필요가 없지 않습
          니까.

아도간   무슨 말씀이오?

수로가 조용히 등장하여 그녀의 말을 듣는다.

황옥   (수로를 의식하며) 모든 것은 사람의 손으로 일구어내는 것입
          니다. 나라가 부강하면 얻지 못할 것이 없지요.

---

8) 작품의 배경은 기원 전후이다. 한반도에 불교가 전래된 것은 2~3세기로 알려져
   있다.

수로	우리 가락국도 그럴 수 있겠소? (모두들 그에게 인사한다)
황옥	가락국은 한과 낙랑과 왜를 잇는 중요한 자리에 있지 않습니까. 이곳은 천금을 주고도 살 수 없는 땅입니다. 지리(地利)를 취하여 교역의 이득을 보면 이런 물건들은 하루에도 배로 수십 척씩 오가게 될 것입니다.
신귀간	올해 농사가 당장 흉작인데 무엇을 가지고 교역을 한단 말이오?
황옥	무엇과도 바꿀 수 없는 철광이 있지 않습니까.
신귀간	우리야 그저 농기구나 만들고….
황옥	지금 한에서는 철이 금이랍니다.
여도간	그게 정말이오?
유천간	왜 그걸 여태 몰랐을까요?
탈해	이곳에 철 산지가 있음은 어디서 들으셨습니까?
황옥	그거야.
탈해	(단주를 슬쩍 흘겨본다) 가락국에 와 보신 적이 있습니까? (단주는 딴청을 부린다)
황옥	그럴 리가 있소. 꿈에 하늘의 명을 받아 찾아온 만 리 길이오. 그렇지 않고서야 어찌 여기까지 올 수 있었겠소.
탈해	그럼 철광도 꿈에 보셨겠습니다.
유천간	언사가 지나치구려.
수로	(황옥에게) 계속 하시오.
황옥	가락국을 둘러보니 지세가 유리하고 땅이 비옥하니 부러울 것이 없겠으나 오랜 가뭄으로 피폐합니다. 우선 해갈

을 하여 상황을 수습하고 뒷일을 논해야 할 것입니다.

수로 옳은 말씀이오.

황옥 치수는 군주의 일입니다. 마마는 무엇을 하시겠습니까?

수로 공주라면 무엇을 하시겠소?

황옥 제가 군주라면

단주 (혼자서) 군주라면….

황옥 저수지를 짓겠습니다.

여도간 저수지라!

유천간 과연!

신귀간 그것이 무엇이오?

탈해 과연 하늘이 보내신 분답습니다.

아도간 무슨 소리냐?

탈해 별 뜻은 없습니다.

유천간 다시없는 묘안이오.

여도간 당장이라도 인력을 동원하지요.

신귀간 그러나 아란 마마께서 기우제를 지내시기로 하지 않았소.

유천간 어차피 결과는 장담할 수 없지 않소.

여도간 언제까지 하늘만 바라볼 수는 없는 일이오. 아란 마마도 전 같지 않으시오.

신귀간 그럼 어째야 한다는 거요.

여도간 나라가 이 지경인데 마마의 신통력을 본 지는 너무 오래란 말이오.

아도간 자리는 나라에 공을 세운 자가 얻는 법이오.

수로   지금은 전란 중이니 인력과 물자에 여유가 없소이다. 저수지를 짓는 일 또한 우리가 해본 적이 없으니 결과는 장담할 수 없소.

황옥   (단주를 보며) 이 사람이 알아서 할 것입니다. (단주는 당황하지만 곧 정중히 고개를 숙인다)

탈해   수고를 자처하십니다. 저수지를 만들면 공주께서는 무엇을 얻습니까?

황옥   하늘의 뜻을 따를 뿐입니다.

수로   쉽사리 찬성할 수가 없구려. 나중에 의논합시다.

아도간   한시가 급한 일입니다. 언제 다시 의논한단 말입니까?

수로   왕후가 부재중이오.

아도간   (조소하며) 아, 예….

여도간   별로 달라질 것은 없지 않습니까.

탈해   기우제든 저수지든 결과는 지금 알 수 없는 일입니다. (방백) 여자들끼리 싸움이 되겠구나.

수로   (황옥에게) 고려해 보리다. 먼 길에 곤할 테니 푹 쉬시오. (퇴장)

2장. 밀담

밤. 화롯가. 아도간과 탈해는 황옥을 기다리는 중이다. 불꽃이 흔들린다.

아도간	대단한 여자다.
탈해	허점이 많습니다.
아도간	나타날까?
탈해	저도 모르겠습니다.
아도간	어쩔 셈이냐?
탈해	아버님은 저를 어쩌실 셈입니까?
아도간	다 너를 위해서다.
탈해	그럴 수도 있겠군요.
아도간	왕은 힘을 잃어간다. 내 눈은 속일 수 없어. 10년 전 너 같은 청년을 왕으로 세운 것은 바로 나였다. 지금 가뭄을 해결하지 못하면 더는 견디기 어려울 게다. (사이) 왕후의 기우제는 성공하겠느냐?
탈해	수신 현무와 알력이 있으니 쉽지 않을 겁니다.
아도간	잘 되었다.
탈해	그래서 왕후를 먼저 치는 겁니까?
아도간	그럼 왕을 먼저 치랴?
탈해	아버님께는 어려울 것도 없겠습니다.
아도간	왕도, 왕후도 수장들도 어려울 것이 없으나 너만은 어렵구나.
탈해	저에게는 모두 어려우나 그 인도 공주만은 어렵지 않겠습니다.
아도간	무서운 녀석.
탈해	오늘 그녀가 나타난다면 한번 생각대로 해보겠습니다. 아

버님이 원하시는 것은 저로서도 나쁘지 않으니까요.

아도간　만약 실패한다 해도….

탈해　예, 아버님은 무관합니다.

아도간　그래… (밖을 살피며) 오는가보다.

탈해　(회심의 미소) 제대로 짚었군요. 잠시 들어가 계시지요. (아도간 퇴장) 그래… 왕은 늙어간다. 그도 꼭 나와 같은 때가 있었다고 하지. 언젠가 나도 지금의 그처럼 두려워하게 될까… (씩 웃는다) 알에서 태어났다고… 아버님은 어쩌자고 그런 말을 지어냈을까. 뭐, 그렇다면 나도 그런 셈이지. 기억이란 만들기 나름 아닌가. (사이) 왕후는 고상한 사람이나 과거의 짐이 너무 무겁다. 불리한 싸움이지. 나야 어느 나라든 상관없지만 인도 공주는 이 나라를 원해… 대체 무엇이 탐난단 말인가.

황옥 등장. 낮의 화려한 차림과 달리 수수한 복장이다. 얼굴을 반쯤 가리고 사람의 눈을 꺼리는 눈치이다. 단주가 여전히 말없이 뒤를 따른다.

황옥　무슨 일로 보자고 하셨소?

탈해　근자에 한 나라에 다녀왔습니다만 꽤 어수선하더군요.

황옥　(흠칫한다) 그래요?

탈해　파족이 난을 일으켰다가 다 멸절된 모양입니다. 나름대로 세력이 큰 부족이었는데….

황옥   무슨 말을 하자는 겁니까?

탈해   족장 부부는 자결하고 나머지는 한에 투항했다고 하더군요.

황옥   (동요한다) 그게 어쨌단 말이오.

탈해   족장의 무남독녀는 어디론가 피신했다고 합니다. 공주께야 무슨 상관이 있겠습니까마는….

황옥   (이미 신분이 드러난 것을 깨닫고 다시 냉정을 되찾는다) 어떻게 아셨습니까?

탈해   여기 이렇게 오시지 않았습니까. 은밀히 망명한 입장이 아니라면 저 같은 사람을 만날 필요가 없을 것입니다. 그리고 이름을 인도식으로 고치는 것을 잊으셨더군요.

황옥   (허탈하게 웃는다) 하… 허실을 다 보였구려. 그래, 원하는 것이 무엇입니까?

탈해   그럼 당신은 이 나라에서 무엇을 원하십니까?

황옥   왕후가 되고자 합니다.

단주는 동요한다. 탈해는 그런 눈치를 챈다.

탈해   (단주를 눈짓하며) 괜찮겠습니까?

황옥   (뜻을 잘못 알아듣고) 제가 들을 말이면 저 사람이 들어도 좋습니다.

탈해   (웃으며) 수로 마마가 마음에 드십니까?

황옥   신분을 되찾고자 할 뿐이오.

탈해	상관없단 말이군요.
황옥	아버님은 무모한 난을 일으키셨고 우리는 부강하지 못하여 다 멸망했소. 그러나 다시는 그런 일이 없을 것이오.
탈해	(조소적으로) 보시다시피 이곳 사람들은 공주께 다 넘어갔습니다. 기름에 불을 지르셨으니 과연 그 부국강병이란 것이 제일이오. 그런데 무엇 하러 아유타국의 공주를 칭하셨소.
황옥	군주는 신성성이 필요한 법이오.
탈해	과연 영명하십니다. 저도 알에서 태어난 사람으로 군주가 되고자 합니다.
황옥	농담이 과하시오.
탈해	당신은 이미 불필요한 거짓말을 했습니다. 어차피 서로 본심을 털어놓았으니 손을 잡는 게 어떻소.
황옥	나를 어찌 믿으시오.
탈해	(단주의 팔을 잡는다) 이 사람을 제 곁에 두겠습니다.
황옥	무슨 짓이오.
탈해	공주께서 믿는 사람은 하늘 아래 이 사람뿐이지 않습니까. 그를 곁에 두면 공주를 믿을 수 있게 됩니다.
황옥	무서운 사람이구려.
탈해	현왕이 자리에 더 앉아 있으려면 왕후를 외면해야 합니다. 두 사람이 오랫동안 믿고 서로 의지했으나 군주의 위는 냉혹한 것이오.
황옥	… 좋습니다. 서로 믿기로 하지요.

탈해	저수지 공사는 제가 성사시키도록 하겠습니다. 몇 가지 변수가 있겠습니다만.
황옥	그러면 그대는 무엇을 원하시오?
탈해	공개적으로 도전을 할 생각입니다.
황옥	무모하구려.
탈해	왕은 우유부단한 사람이니 회피할 수도 있습니다. 설득해 주시지요.
황옥	알겠소.
탈해	(주위를 살핀다) 이야기가 길어졌군요. 이만 물러가지요. 내일 아침에 이 사람을 보내 주십시오. (퇴장)

황옥과 단주는 두 사람은 한동안 말이 없다.

단주	진정이십니까?
황옥	진정이네.
단주	후회하지 않겠습니까?
황옥	아니할 것이야.
단주	몸도 마음도 다 지치셨습니다. 일을 너무 서두르지 마십시오.
황옥	왕후가 되기 전엔 쉴 수 없소.
단주	더욱 피로한 일입니다.
황옥	(끔찍한 기억에 몸서리를 친다) 다시는 힘이 없어 빼앗기는 일은 없을 것이오. (단주는 그녀를 끌어안는다)

단주	괜찮을 겁니다.
황옥	아버님이 자결하실 때 참 모질기도 하셨지. 울면서 매달려도 아무 소용이 없었어….
단주	(그녀를 다독인다) 이젠 괜찮아요….
황옥	어떻게 내 앞에서 어머님을 찌르고 당신도… 어떻게 그렇게…. (운다)
단주	(거의 속삭이듯이) 괜찮아요..
황옥	모든 게 무너져 버렸어… 다시는 돌아갈 수 없을 테지.
단주	지금은 생각하지 말아요.
황옥	이제 내게 남은 이는 그대뿐이오.
단주	나도 그렇습니다. (미소를 짓는다) 아직도 매화 향기가 납니다.
황옥	(그의 품에서 빠져 나온다) 아직도 그 얘길 하오?
단주	저에게 당신은 늘 그대로이십니다. 그러나… (망설인다) 잊으셨습니까?
황옥	잃은 것은 이 나라에서 모두 찾을 것이야.
단주	잊으셨군요.
황옥	이 나라를 얻으면 말이오… 도와주겠소?
단주	(무너지듯이) 원하시는 대로 하겠습니다.
황옥	아직 결과는 장담할 수 없소.
단주	(자포자기해서) 상관없습니다.
황옥	두렵구려.

두 사람은 각자 다른 생각에 잠긴다.

3장. 전야(前夜)

아란은 화롯가에 앉아서 목걸이를 마무리한다.

아란　　그럭저럭 다 되어 가는구나. 오래도 걸렸다.

　　　　　단주가 불쑥 나타난다. 취한 것 같기도 하고 열에 들뜬 것 같기도
　　　　　하다.

아란　　무슨 일이오.

단주　　마마….

아란　　내가 아무리 손님을 중히 여긴다 하나 무례하구려.

단주　　기우제를 지내신다 들었습니다.

아란　　그렇소.

단주　　그것으로 비가 오겠습니까?

아란　　(한숨) 누가 알겠소.

단주　　만약 비가 내리지 않으면 어찌 됩니까?

아란　　그건….

단주　　실패하면 마마는 이 나라에 더 머물 수가 없습니다.

아란　　그게 무슨 말이오?

단주	저의 주군과 아도간의 아들이 밀약을 했습니다. 주군은 가뭄을 해결하여 마마의 자리를 차지하고 그는 수로 마마께 도전하여 두 사람이 함께 이 나라를 얻기로 말입니다.
아란	무모한 일이오.
단주	사실입니다. 두 사람은 이미 수장들을 설득하는 중일 겁니다.
아란	이렇게 주군을 배반하는 이유가 무엇이오?
단주	주군을 위해서입니다.
아란	매화 향기가 아니고?
단주	(말문이 막힌다) 알고 계셨습니까?
아란	달리 이유가 있소.
단주	누이라 부르며 남매처럼 자라나서 철이 들고부터는 서로 마음을 주었습니다.
아란	그러신가….
단주	(열에 들떠) 나라가 망했을 때 저는 차라리 행복했습니다.
아란	함부로 할 소리는 아니구려.
단주	마마는 모르십니까?
아란	알고 있소. 알기 때문에 말리는 것이오.
단주	저는 누이를 잃게 되지만 마마는 부군과 나라를 함께 잃게 되십니다.
아란	지아비를 잃다니?
단주	만약 아도간의 아들이 부군에게 패하면 어찌될 것 같습니까?

아란　　그건….

단주　　지아비를 믿으십니까?

아란　　무례하오.

단주　　마마는 아직도 하늘에 제를 지내면 비가 내릴 것으로 생각하십니까?

아란　　비란 수신에게 청하면 될 일이오.

단주　　중국에서는 이제 아무도 믿지 않는 일입니다. 하늘의 현무가 별을 지키고 바람과 비를 부르던 시절이 지나가고 있는 것을 모르십니까. 비가 내리지 않으면 부군께서는 더욱 곤란해집니다. 결국 자리를 지키고 힘을 실어줄 사람을 왕후로 맞을 수밖에 없을 것입니다.

아란　　나는 지아비를 믿소.

단주　　저도 그 사람을 믿었습니다. (실성한 듯이 웃는다) 그러나 우리 매화 같은 누이는 공과 사가 너무 분명합디다, 하하하….

아란　　10년의 생사고락을 함께 했고 서로에게 잘못이 없소….

단주　　그게 다 무슨 소용이 있습니까. 냉정히 생각하십시오. 저도 공사를 분명히 하지요. 주군을 배신하는 한이 있어도 내 사람은 되찾고 말겠습니다.

아란　　그것이 그 사람을 위하는 일이오?

단주　　원하는 것을 얻어 불행해지는 것을 보신 일이 없으십니까?

아란　　… 있소.

단주　　수로 마마도 사람입니다. 결국 다 사람이지요. 언제나 사정은 진정을 배반하게 마련입니다. (어조를 바꾸어) 우리가 한 나라와 싸울 때 누이는 계략을 써서 한의 왕자 중 한 사람을 죽였습니다. 그 모후가 보복을 하겠다고 날뛰며 사방으로 찾아다니기에 중원을 떠나 이리로 도망해온 것입니다. 이 사실이 알려지면 수장들은 한의 보복을 두려워해 우리를 내쫓을 겝니다. 저희가 떠나면 마마께서 저 수지를 맡아서 지으시고 가뭄을 해결하시면 됩니다. 아무 것도 잃을 필요가 없지요.

아란 나는 그런 일은 할 수 없소.

단주 제가 말한다 해도 믿을 사람이 없지 않습니까. 이 일은 마마의 명운이 달린 것입니다. 한번만 양보를 하시지요.

아란 외로이 쫓겨 온 사람을 숨겨주지는 못할지언정 다시 쫓아낼 수도 없고 사람의 은밀한 약점을 잡아 뒤를 칠 줄도 모르오.

단주 마마는 저보다도 더 어리석습니다. 다시 생각하시지요.

아란 나로서는 지아비를 믿지 않는다는 것은 생각할 수 없소. 내가 그를 믿지 않는다면 헤어지지 않는다 해서 무슨 소용이 있단 말이오.

단주 소용 있습니다!

아란 (목걸이를 매만진다) 근심이 지나치구려. 부군은 싸움에 패할 리 없소. 그리고… 수신 현무는 내 오라비라오. 기우제는 아직도 비를 부르는 것이오.

단주 오라비와 지아비 중 누구를 더 믿으십니까?

아란	(사이) 지아비를 믿소. 나그네로 와서 나라를 얻었으니 다시 나그네로 떠나면 그만이오. 그리고 나의 지아비는 나라를 잃을지언정 나를 버리지는 않으실 것이오.
단주	그렇습니까….
아란	오늘 이야기는 덮어 두겠으니 앞으로 자중하시오.
단주	마마는 저보다 더 어리석습니다….
아란	취한 것 같구려.
단주	취하지 않았습니다. 그러나 이제 취하는군요. 물러가겠습니다.
아란	부디 마음을 다스리고 자기를 버리지 마시오.

단주는 정신없이 나간다.

4장. 도전

다음날. 낮. 아란은 혼자 앉아 있다. 공사의 소음이 들린다.
안홍 등장. 진흙으로 된 물동이를 들었다.

아란	그래, 밖에 무슨 일이더냐?
안홍	저수지를 만든답니다.
아란	결국 굶주린 백성을 동원하는구나.
안홍	공사를 지휘하는 자가 누구인지 아십니까?

아란	글쎄다.
안홍	저는 화가 납니다.
아란	(그녀를 바라본다) 화가 난다… 참 오랜만이구나.
안홍	전에 왔던 단주란 자입니다.
아란	그는 자기 주인의 뜻을 따를 뿐이다. 왜 그리 화가 났느냐?
안홍	그 주인이 왕후가 된다는 소문이 돌고 있습니다.
아란	(충격을 받는다) 그래?
안홍	가뭄을 해결하는 자가 왕후의 자격이 있답니다.
아란	수로마마께서 그러시더냐.
안홍	항간에서들 하는 이야기입니다.
아란	마마께서 한 마음이시니 마음 쓸 것 없다.
안홍	가뭄을 해결하셔야 합니다.
아란	어려운 일이다.
안홍	사람들은 마님께서 현무의 검으로 비를 부르시던 일을 아직도 기억합니다.
아란	그 검은 이미 피를 묻힌 것이나 다를 바 없다.
안홍	(물동이를 만지다가 일그러뜨린다) 그게… 어느 분이… 전하라는 말씀이….
아란	(한숨처럼) 수신을 배반하고 어찌 비를 청할까.
안홍	마마의 불이 아니면 어찌 가락국에 철기가 있었겠습니까.
아란	오늘은 말을 잘하는구나. 그러나 은혜는 잊혀지고 원망은 오래가는 법이다.
안홍	원망… 원망이라고요….

아란　그래, 누가 나를 원망한다더냐.

안홍　어떤 처녀가… 연인을 위해 오라비를 버려서….

아란　무슨 소리냐. 누가 그런 말을 하더냐?

안홍　오라비를 죽였다고!

아란　그래서! 그자가 어디 있느냐?

안홍　몰라요. 마님도 아시는 이야기라고 했어요.

아란　아는 얘기다. 아는 얘기고 말고. 그래, 그래! 아직도 원망
한다더냐.

안홍　마님, 무서워요. 생각이 안 나요.

아란　(냉정을 되찾는다) 아… 그래… 무서운 것을 보면 아무 것도
생각나지 않는다 했지….

안홍　(떨고 있다) 마님… 뒷이야기가 더 있었는데… 그게… 그
게…. (그녀는 주저앉아 패닉 상태에서 진흙을 주무른다)

아란　괜찮다. 애쓰지 마라. 병이 더치겠구나. (한숨) 진작에 잊었
어야 하는 것을.

안홍은 흙장난을 하면서 나간다. 수로 등장. 불안한 기색이 역력
하다.

아란　마마! 무슨 일이십니까?

수로　어떤 자가 나와 왕위를 놓고 정정당당히 다투어 보자는
구려.

아란　아도간의 아들이 말입니까?

수로	어찌 아시오.
아란	젊은 혈기에 그럴 법 합니다.
수로	같은 수의 군사로 주변 소국을 먼저 쳐서 얻는 자가 왕위를 얻자고 하오. 벌써 토착 세력들을 다 설득해 놓고 있었소.
아란	그런 사람인 줄은 몰랐습니다.
수로	그는 독로국⁹⁾을 치고 나는 탁순국을 치라고 하오. 탁순국이 훨씬 강성하오만 나로서는 거절할 수가 없었소!
아란	고정하십시오. 괜찮을 겁니다.
수로	난… 두렵소.
아란	싸움에는 늘 승패가 있고 패하여 물러나는 것은 부끄러운 일이 아닙니다. 이 같은 수단으로 나라를 얻었으니 똑같이 잃어도 억울할 것은 없지요.
수로	당신은 참으로 담담하구려.
아란	(어조를 바꾸어 다정하게) 당신을 믿기 때문입니다.
수로	결과를 누가 보장한단 말이오.
아란	당신이 저를 믿고 제가 당신을 믿으니 그것으로 족합니다.
수로	난 이미 기울었소.
아란	당신의 무예와 군사는 아직 따를 자가 없습니다. 그것은 제가 알지요. 이기실 겁니다. (목걸이를 가져온다) 다만 날이 더워 지치실까 염려됩니다. 북방의 한옥이니 몸에 지니시지요. (목걸이를 걸어준다. 푸른 옥은 세 겹으로 의상 위에 늘어진다) 잘 어울리십니다. 본래 옥이란 군주의 물건이라고들 합니다.

9) 지금의 부산 지역

수로　무겁군.

아란　곧 익숙해지실 겁니다.

수로　이런 것을 언제 준비했소.

아란　처음 뵈었을 때부터입니다. 저에게 당신은 늘 처음 뵈온 청년 같으십니다.

수로　나는 이제 그가 아니오. 자리가 사람을 변하게 하나보오.

아란　(웃는다) 그러게 말입니다. 낚시나 다니시고….

수로　그 이야기는 그만 하구려.

아란　(웃음을 거둔다) 저는 아직도 아침에 눈떠보면 행여 없을까 마음 졸이며 깨어나 잠든 이를 어루만져보고야 잠들곤 합니다. 아침마다 보아도 매일 새롭고, 나날이 늙어가도 고운님 이신 것을 몰랐더란 말씀이오. 한세상 살이가 서러우나 그대 하나 믿고 걸어온 만 리 길입니다. 이제 와서 결국에 연연할 것이 무엇입니까. (사이, 어조를 바꾸어) 쑥스러운 얘기입니다. (현무의 검을 내어 준다) 목숨은 아끼지 않는 이가 얻고 싸움은 패함을 두려워않는 이가 이기는 법입니다.

수로　이것은 피를 묻힐 수가 없지 않소.

아란　세상에 철기가 많이 있으나 아직 이만한 것은 없습니다.

수로　그러나….

아란　(혼잣말처럼) 아직도 원망하고 있다면 피를 묻히지 않은들 무슨 소용이 있겠습니까. (안색을 고치고) 염려 말고 나가십시오. 더는 피를 흘리지 않으려 했으나 사정이 진정을 배반하니 어쩔 수가 없군요.

수로　　변하는 않은 이는 당신이구려. 내겐 과분한 것 같소.

아란　　그대로 계셔 주시기만 하면 됩니다.

4막

1장. 대결

우물가. 단주는 흥얼거리며 물동이를 가지고 물을 채웠다 부었다 하기를 반복한다. 현무는 말없이 곁에 앉아 있다. 그는 이 장면을 처음부터 끝까지 우울하게 지켜본다.

단주 (노래) 거북아 거북아 머리를 내어라
내놓지 않으면 구워서 먹으리

아란 등장. 몹시 초조한 기색이다.

아란 왜 이리 늦는단 말인가. 두 나라가 무너졌다는 소식이 동시에 왔건만.

단주 거북아 거북아 손님을 맞아라
바다를 건너서 멀리서 오신다
거북아 거북아 손님이 가신다
내 마음 가지고 저 멀리 가신다.
거북아 거북아 꽃비를 내려라
내님이 가시는 강가에 뿌려라

무대 다른 편–저수지 공사가 진행되는 강둑–에 조명. 수로 등장.
황옥이 따라 나온다. 아란과 단주, 황옥과 수로의 대화는 다른 장
소에서 동시에 진행된다.

황옥 어서 오십시오.

수로 처는 어디에 있소?

황옥 이런, 세상에. 부상을 입으셨습니까?

수로 대단치 않소.

황옥 (손을 댄다) 가벼이 여기실 것이 아닙니다.

수로 (어정쩡하게 뿌리친다) 별 것 아니오.

단주 마님이시구려. 어딜 가시우?

아란 이 더운 날 무엇을 하시오?

단주 이렇게 하면 저수지가 되는 거죠. 흙으로 물을 가두면 물
이 고이고 물이 고이면 안개가 핍니다. 우리는 흐르는 강
가에서 약속을 했는데 물을 가두면 약속도 머물 줄 알았
다우.

아란 그대의 주인은 어디 있소?

단주 마음이 타길래 강변에 나가 앉았지.

아란 사람이 왜 이리 변했소?

단주 아씨는 팔자를 고치러 나갔다우. 마나님도 신랑하고 살자
면 마중 나가시오.

아란 이렇게 마중 나오지 않았소.

황옥	이번 일도 별 일이 아닙니까?
수로	무슨 말이오.
황옥	마마의 지략과 용맹이 뛰어나다 하나 곁에 있는 자들이 허약합니다.
수로	그대가 상관할 바 아니오.
황옥	또다시 이 같은 일이 있도록 하시렵니까?
수로	더 이상 듣고 싶지 않소.

단주	(노래) 거북아 거북아 내님이 떠났다
	떠나는 강가에 꽃불이 탄단다
아란	어디선가 들어본 것 같구나….
단주	아씨 마님, 신랑이 그리 좋소?
아란	이 사람이….
단주	(노래) 거북아 거북아 님에게 전하렴
	내님이 떠나면 마음이 탄단다
아란	그대도 나처럼 애가 타시는가.

황옥	주변이 나약하니 신하된 자들이 감히 마마를 위협하는 것입니다.
수로	(자조적으로) 그럴 만하니 그러지 않겠소.
황옥	아닙니다. 다시는 그런 일이 있어서는 아니 됩니다. 다시는… 그런 일이 없도록 하시지요.
수로	(한숨) 그래… 다시는… 없었으면 하오.

단주	사람 마음이란 손바닥이오. 어려서 함께 자란 남매 같은 사람도 속을 알 수 없다우.
아란	알 수 없지, 없고말고.
황옥	기우제에 나가시겠습니까?
수로	응당 그럴 것이오.
황옥	전후의 피로와 부상이 있으시니 불참하셔도 감히 탓하는 자는 없을 것입니다.
수로	그러면 처 혼자서….
황옥	왕후마마는 매사가 분명하시니 마마께서 아니 계셔도 괜찮을 것입니다.
수로	그건 그렇지가 않소.
황옥	(어조를 바꾸어) 이번 기우제가 실패하면 일이 더 어려워집니다.
수로	그것은….
황옥	결과는 장담할 수 없지요. 그러니 잠시 비켜서서 추이를 살피셔야 합니다.
수로	… 재고해 보리다.

단주	이미 다 늦은 일. 약속이란 바람이요 마음의 불은 잿더미라네. 얼음 위에 불이 타니 이게 무슨 변고인가.
아란	배반한 이가 있소.
단주	마님이 있는데 나라고 없겠소. 연정에는 날이 시퍼렇다오. 매달리면 떠나가니 그리는 마시구려.

아란   무엇이 그렇게 마음에 맺혔소.

단주   (폭발하듯이) 죄송합니다. 더는 못하겠군요. 어서 강둑에 나가 보시지요.

아란   그게 무슨 소리요?

단주   부군께서는 이미 돌아오셨습니다.

아란   그런데 왜….

단주   마님을 이곳에 잡아 두어야 했습니다. 그렇게 부탁을 받았소.

아란   누가….

단주   (다시 약간 실성한 말투로 돌아간다) 하하. 누구는 누구야… 마님도 아시잖소.

아란   그 사람이 대체 무엇 때문에?

단주   먼저 돌아오는 사람이 임자랍니다. 아, 표정이 왜 그렇습니까? 부군이 먼저 오셨으니 응당 축하할 일입지요. 이거 날이 참 덥습니다. 더워. 아니 여기가 뜨겁구려. 뜨거워. 마님, 어디 불이라도 지피셨소.

아란   괜찮으신가.

단주   아주 멀쩡합니다. 눈 뜬 장님이라 그렇지 이 귀도 아직 멀쩡하다우.

아란   그래… 멀쩡하구려.

단주   모든 게 다 정상입니다. 암요, 내 님이 바라시니 그것 또한 내 소원이로소이다. 나는 그대를 기다려 장승처럼 서고 그대는 나를 기다려 돌이 되시구려.

황옥	피로하실 텐데 송구합니다. 어서 안으로 드시지요.
수로	아, 나는….
황옥	왕후마마는 마중 나오시지 않을 겁니다.
수로	그게 무슨 말이오.
황옥	기우제 준비로 분주하십니다.
수로	이상하군. 전에는 없던 일이오.
황옥	이쪽으로 드시지요. 모두들 기다리고 있습니다.
수로	그도 그렇겠구려. (두 사람은 나란히 퇴장한다)

단주	(노래) 거북아 거북아 소나기 내려라
	내리지 않으면 눈물비 내린다
아란	(가려다가) 왜 그리도 거북을 찾소.
단주	거북아 거북아 늦은비 내려라
	내리지 않으면 내님이 간단다
아란	그대도 나만큼이나 비를 부르는구려.
단주	내리지 않으면 까맣게 탄단다
아란	나는 도저히 비를 청할 염치가 없으니 그대가 대신 해 보시구려.
단주	불이 꺼져 불이 꺼져 파란 재로 남기 전에
	님의 눈에 뵈고 지고 님의 앞에 타고지고.
아란	그러나 달리 누가 그에게 비를 청하겠소. 마지막 방도라면 부딪혀 보는 수밖에.

탈해가 행장을 하고 급히 등장한다. 이 장면에서 단주는 탈해를 외면하고 계속 흥얼거린다.

아란   어찌된 일이오?

탈해   패자는 말이 없는 법입니다.

아란   무모한 싸움을 했구려.

탈해   해볼 만한 일이었지요. 후회스러울 것도 없습니다.

아란   어디로 가시오?

탈해   바람 부는 대로 가지요. 배를 타고 나가보렵니다.

아란   바람이 험한 계절이오.

탈해   명운은 하늘에 달렸으니 연연할 것 없습니다. 이번에 친
         독로국 너머에도 거친 땅이 넓으니 한 번 더 운을 시험해
         보지요.

아란   아직 젊으시구려. 모쪼록 편히 가시오.

탈해   저도 꽤나 앞뒤 없는 작자입니다만 마마도 어지간하십
         니다.

무대 뒤에서 소란스러운 소리. '어디로 간 거야? 저기다, 저놈 잡
아라' 등등

탈해   이거야 원… 훌쩍 뜨라는 말씀인가 봅니다. 참, 인도 공주
         를 경계하십시오.

아란   … 사실이었구려.

탈해   이미 늦었는지도 모르겠군요. 그럼 이만.

황급히 탈해 퇴장. 아도간 등 수장들이 뛰어 들어온다.

아도간   아니, 저놈이! (아란에게) 마마, 어쩌자고 여기 계시오.
아란   웬 소란이오.
아도간   불충불효한 자식 놈은 어디로 갔습니까?
아란   (기가 막힌다) 알아서 어쩌시려는 게요.
여도간   수로 마마께서 잡아들이라는 분부십니다.
아란   이미 패하여 떠난 자를 무엇 하러 찾는단 말이오.
신귀간   실은 황옥 낭자가.
유천간   (가로막으며) 후환을 없애야지요.
여도간   내 처음부터 이럴 줄 알아봤소.
아란   너무들 하시는구려.
아도간   (나직이) 이 녀석이 어디로 갔습니까?
아란   산으로 간다 했소.
아도간   (다른 이들의 눈치를 보며) 바다로 배를 타고 갔답니다.
유천간   어서들 가십시다.

수장들은 탈해가 나간 쪽으로 몰려 나간다. 아란과 현무는 동시에
한숨을 쉰다.

현무   대체 무엇이 그리도 두렵단 말이오.

아란   마마, 무엇이 그리도 두려우십니까.

안홍이 현무의 검을 들고 나타난다.

안홍   수로 마마께서 보내셨습니다.

아란   (검을 빼 본다) 피 냄새가 난다. 꼭 그날처럼 진동을 하는구나. 단 하루도 잊은 날이 없지. 그것이 두렵다. (사이) 할 일이 많구나…. (퇴장)

막간 여수(旅愁)

단주 (품에서 마른 꽃을 꺼낸다) 시들어갈수록 향이 더 짙은 법이라
더니 과연 그렇구나. 시든 것이 아니로군. (꽃잎을 비벼 부스
러뜨린다) 바싹 말라 부스러져 간다. 부스러지면 먼지만 남
는 것 같더니 향이 남는구나. 지워지지도 않겠다.

현무 무슨 꽃이오?

단주 이미 시들었으니 아무 꽃도 아니지요. 하지만 불에 사르
면 향이 진동한답니다. (물동이를 들고) 이 우물은 깊은가요?

현무 만날 때가 있으면 헤어질 때가 있는 법이오.

단주 마르는 법이 없습니까?

현무 없도록 하겠소.

단주 물이 있어도 동이가 없구려.

현무 또 빚어 드리리다.

단주 빚을 때가 있으면 깨질 때가 (물동이를 깨뜨린다) 있는 법이오.

현무 깨어진 것은 칼이 되느니. 누구를 해하시려오?

단주 그릇에 담을 것이 없으니 아무 짝에도 소용이 없소

현무 그릇은 다시 빚으면 그만이오.

단주 이미 불에 그슬렸으니 깨어질 밖에.

현무 바람에 말랐을 뿐이오. 아직 버리지 마시구려.

단주	아무도 버리지 않소. 아무도… 아무도 아니오. 물동이가 이미 비었는데 누구랄 것 있겠소. 아무도 아무도… 아니오.
현무	잊을 것은 잊어야지요.
단주	더 잊을 것도 없고 기억할 것도 없고 그대도 없고 나도 없고 어디에도 없소. 아무도 없소. 아무 것도 아니오. 아무도 아니오….

단주는 중얼거리며 나간다.

현무	바닷가에 가 보았습니다. 바람이 차더군요.
안홍	찾는 것은 보셨나요?
현무	죽고 없었습니다.
안홍	기러기라면 떠난 것이 아닐까요?
현무	어린 새끼들이 죽어 있었습니다.
안홍	하지만….
현무	새끼들을 두고 떠나갔을 리가 없어요.
안홍	이제 집에 가실 건가요?
현무	돌아가자니 멀군요.
안홍	가까워도 돌아가지 못하면 매한가지입니다.
현무	(어조를 바꾸어) 저희 집은 만 리 밖 호수에 있어요. 그곳 하늘에는 북두성이 여섯 개뿐이랍니다… 북녘이니까요. 별 하나는 지평선에 가리워져 보이질 않는답니다. 하지만 그 보이지 않는 별은 지평선보다 더 큰 궤적을 그려 하늘을

돌아본다고들 하지요. 북녘의 북두성은 마주보는 것처럼 가깝고 근심을 다 덮을 것처럼 큰 별자리입니다.

안홍　　먼 길을 또 홀로 가시겠습니다.

현무　　그리움을 다스리지 못해 찾아왔으나 새가 죽은 것은 이미 알던 일입니다.

안홍　　상심마시지요.

현무　　아가씨는 형제가 있소?

안홍　　언니가… 아마도 시집간….

현무　　떠나보낸 마음을 아시겠구려. (그녀는 말없이 끄덕인다) 상심이 다하면 무심할 줄 알았으나 그리움은 다하지 못하는 것. 아무도 원망하지 않으니 스스로 한하지 말라 전해 주시오. (피리를 꺼낸다) 먼 길에 동무가 있으니 한 가락 불러드리리다.

그는 피리를 분다.

2장. 기우제

피리 소리에 한 가지씩 악기가 더해지며 웅장한 제의(祭儀)의 음악이 된다. 조명이 들어오면 기우제를 위한 제단이 있고 사람들이 둘러서 있다. 중앙에는 커다란 토기 화로가 타오르고 아란이 그 앞, 제단 아래 서 있다. 머리를 풀고 현무의 검을 들었다. 수건으로 칼날을 문지른다. 얼굴에는 핏기가 전혀 없고 현기증이 나는 듯하다.

웅성대는 소리 오늘이 며칠 째라고? 열흘이야. 아직도 구름 한 점이 없구만. 저수지 공사는 끝나 가는데… 뭐야, 벌써? 그게 말이 되나. 공사 감독자가 신이 들렸대. 미친 사람처럼 일을 한다더군. 뭐가 어떻게 되는 거야? 그러면… 황옥 아씨가… 조용히 해, 다 들려. 벌써 얘기가 다 됐다는 걸. 그럼 비가 안 내려도 된단 얘기야?

아도간 마마께서 늦으십니다.

신귀간 글쎄요. 이 중요한 날에….

여도간 혹시 안 나오시는 것 아니오.

유천간 그러게 말입니다. 사실은 아까 보니 좀….

아란 (현기증을 참으며) 말씀들을 삼가시오. 그분은 제가 압니다.

아도간 (빈정댄다) 오늘처럼 중요한 날 말실수들은 하지 마시구려.

사람들 아란 마마 좀 봐. 쓰러질 것 같아. 당연하지. 마마도 사람인데. 어디 보통 사람인가. 그건 그렇지. 수로 마마는 왜 아직 안 나타나는 거야? 오늘 나오신다는 거 같던데. 그런가? 왜, 전에도 한번 그랬지. 제를 지낸 지 아흐레쨌나 열흘째에 대무자로 나서시자마자 비구름이 몰려왔다네. 쉿! 시작하나보다. 조용히들 좀 하라고.

음악이 느린 템포로 바뀌고 의식이 시작된다. 의식은 모두 춤으로 표현된다.

모여선 사람들이 차례로 아란에게 한 겹씩 옷을 씌운다. 아란의 몸이 이리저리 휘청거리다가 무너져 내린다. 검을 잡고 서서히 일어난다. 검을 집에 넣은 채 제단으로 올라간다.

아란의 춤이 조금씩 달아오르기 시작한다. 수로가 나타나야 할 순간이 음악으로 암시되고 모두의 시선이 등 퇴장로로 쏠린다. 일동 정지. 잠깐의 정적이 흐른 뒤 황옥이 나타난다.

신귀간　이게 어떻게 된 일이오!

사람들　(소란스러워진다) 뭐야, 어떻게 된 거야. 저 사람은 누구지? 아직도 몰라? 황옥 낭자라잖아. 저 사람이 왜? 수로 마마는? 여긴 뭐 하러 왔을까

황옥　(수장들에게) 마마께서는 부상이 심하여 나오지 못하십니다. 여러분의 양해를 구하셨습니다.

아란은 현기증을 일으키고 무너진다.

신귀간　바로 어제만 해도 별 일 아니라 하지 않았소!

황옥　직접 찾아뵙고 여쭈어보는 것이 어떻습니까?

신귀간　세상에 이럴 수는 없는 일이오! (화가 나서 퇴장)

아도간　(아란에게) 어찌 하시겠습니까?

아란　(긴 사이) 이 제는 나의 일이오.

유천간　(애매하게) 무리하지 마십시오.

아란　　더 듣지 않겠소.

아란은 일어나서 매무새를 가다듬는다. 다시 음악이 시작된다.

아란　　이로서 10년의 언약이… 믿음이… 그래… 믿음이. 오라버
　　　　니는 나를 이토록 원망하시오. (검을 뽑는다) 원하신다면 자
　　　　결이라도 하리다. 마지막 부탁이니 비 한 자락 주소서. 오
　　　　라비의 피를 묻힌 이 검으로 무엇인들 못하겠소.

아란의 춤에는 신이 들리기 시작한다. 사람들은 그 분위기에 휩쓸
려 들어간다. 화로의 불이 아란의 춤에 맞추어 움직이다가 어느
순간 수그러든다. 아란은 지친 기색이 역력하다. 갑자기 사람들의
시선이 한쪽으로 쏠린다. 단주가 등장하여 제단으로 거침없이 올
라선다. 황옥은 그를 붙잡는다.

황옥　　이게 무슨 짓이오!
단주　　제 뜻입니다.
황옥　　허락하지 않겠소.
단주　　(품에서 무엇인가를 꺼내 보인다) 이것만은 제가 가지고 가겠습
　　　　니다.
황옥　　이건….
단주　　원망하지 말아 주십시오. 저도 원망하지 않습니다.

그는 화로를 사이에 두고 아란의 맞은편에 서서 대무를 시작한다. 화로가 세차게 타오른다. 아란은 그의 등장에 힘을 얻어 춤을 절정으로 이끌어간다. 황옥은 그 자리에 주저앉는다.

황옥 당신이… 당신이 왜!

한바탕 춤 끝에 화로의 불이 하늘로 세차게 타오를 때 단주는 향을 불에 던진다. 향연(香煙)이 확 피어오르고 그는 불에 뛰어든다. 아란은 쓰러진다.

5막

1장. 회상

며칠이 지났다. 아란은 아직 그 자리에 있다. 안홍이 곁에 있다. 그녀는 앞에 검을 놓고 생각에 잠겨 있다. 이 장면은 현무와 아란이 동시에, 같은 사건을 다른 장소에서 재현한다. 두 사람은 서로를 인식하지 못하고 동작은 피차 거리를 둔 채 상대방을 가정하고 이루어진다. 화로의 불이 타오른다. 우물가의 현무에 조명.

아란 비구름은 아직이냐?

안홍 맑은 하늘뿐입니다.

아란 그래, 비가 오실 리 없지. 나 자신도 믿을 수 없는 일이었다. 내 탓이다. 어찌 그를 탓하랴.

안홍 알고 계셨습니까.

아란 꼭 이런 저녁이었다. 호수 위로 석양이 물들고 물결 소리가 고요한 날이었어. 봄이 되어 새로 담은 자작주가 익었길래 한 동이 가득 담아 오라버니에게 가져갔었지.

안홍은 우물가로 간다.

안홍	어딜 다녀오셨습니까. 중요한 때에 비우셨군요.
현무	떠난 적 없습니다.
안홍	그런가요.
현무	미처 못 다한 이야기가 있어서 말입니다….
아란	벌판 가득 양귀비가 빠알가니 피었길래 꽃잎을 가져다 술동이에 띄웠더랬지.
현무	누이가 하나 있었는데 어느 새 시집갈 나이가 되었더군요. 부모 없이 단 둘이 자란 오누이라 어찌 떠나보낼까 싶었습니다만….
아란	(마임으로 술동이를 탁자에 놓는다) 저녁 바람이 좋으니 술 한 잔 해요.
현무	그런데 막상 떠나보낼 때가 되니 어리석은 근심이더군요. 여자 아이들은 자기 사람을 금방 알아보는가 봅니다. (안홍을 향해 웃어 보인다)
아란	말이 없네. 무슨 일 있어요?
현무	그 사람을 연모하는구나.
아란	핏기가 하나도 없어….
현무	사귀어보지 않고 마음을 주다니 경솔한 일이다.
아란	(술을 따르며) 오늘따라 이상하네. 할 말 있으면 해요.
현무	어머님이 주신 물건이 있다. (가상의 물건을 건네준다) 호수에서 나는 한옥이다. 어딘가 쓸모가 있을 테지.
아란	왜 하필이면 지금….
현무	떠나보낼 때가 되었구나, 그러나 아무래도….

아란　　대답해요!

현무　　돌아올 수 없는 길인 모양이다.

아란　　(가상의 잔을 손에 든 채) 제발… 뭐라도 좋으니까 말 좀 해봐요. 응?

현무　　(잔을 받는다) 네 마음이 정 그렇다면 따라야겠지.

아란　　아니, 아니! 잠깐만….

현무　　(잔을 비운다. 동생의 손을 토닥이며) 이제는 곁에 더 머물 수가 없겠구나. 다시 만나더라도 알아볼 수 없을 테지. 먼 훗날에라도 이 일을 후회하지 말았으면 한다.

현무는 힘겹게 일어서서 나간다. 안홍은 그를 잡아 보려 하나 손에 잡히지 않는다. 그녀를 우물가에 남겨둔 채 조명이 꺼진다. 아란은 천천히 검을 주워 든다. 바람 소리.

아란　　후회하지 않아. 한시도 후회한 적 없소. 그렇게 얻은 이를 목숨 걸고 아꼈으나 결국은 버림받았소. 그래… 이제 속이 시원하시오. 모든 것을 버려 얻은 이가 나를 저버렸으니 나는 이제 아무것도 아니구려. 아무것도, 아무도 아니오. 이 마음 다 비워 연모하는 마음 하나를 담았으나 이제 비었으니 아무것도 없구려. 그릇이 비고 피 냄새가 배었으니 깨어질 일만 남았구려. 오라버니, 아직도 나를 원망하오. 일의 결국이 비참하니 내가 그르다 생각하시오. 저버림이 정녕 이런 것이었소. 버리고도 서러운 마음 당해보니 더욱 모질구려. (그녀는 검을 **뽑는다**) 이렇게 하면 피차 후련하겠구려. 자업자득이요, 공평하지 않겠소. (사이) 오라버니는 어쩌자고 그리도 말이 없었소. 너무 하지 않으냐고 한 마디 꾸짖기나 하지 그랬소. 10년 만에 이리 무안하기는 처음이오. 나는 아직도 그 미련한 인간을 연모하는구려… 난 아직도 후회할 수가 없소… 알 수 없는 일이야 (검을 단단히 고쳐 잡는다) 오라버니 마음을 알 것도 같구려. 돌아갈 때인 것 같소.

안홍 등장.

안홍   (아란의 모습에 전혀 동요하지 않는다) 마님.

아란   안홍이냐.

안홍   소운이라고 합니다.

아란   뭐라고?

안홍   저는 본래 독로국 동래촌 사람으로 나이는 열넷입니다. 전란 중에 부모가 목전에서 죽고 정신을 놓았더랬습니다. 아버지는 어부였고 저희 집은 섬에 있었습니다. 육지로 시집간 언니가 있고 조카가 둘 있습니다. 그동안 마님이 저를 데려다가 살펴 주신 것도 알고 있습니다.

아란   (혼란스럽다) 갑자기… 어떻게….

안홍   우물가에서 어떤 나그네가 전할 말씀이 있답니다.

아란   우물이라고….

안홍	원망하지 않는다.
아란	뭐라고!
안홍	아무 것도 원망하지 않으니 스스로 한하지 말라 하셨습니다.
아란	그래, 그래… 그래… (검을 집어 칼날을 어루만진다) 피 냄새가….

2장. 저수지

황옥은 몇몇 인부들과 함께 저수지 제방을 둘러본다.

황옥	이만하면 됐소. 수고들 하셨습니다. 곧 후한 사례가 있을 것이오.
인부들	저… 그럼….
황옥	아도간 나리께 부탁해 놓았습니다. 며칠 내로 찾아뵙고 받으시지요.
인부들	예, 예.
황옥	어서들 가보시오.

인부들 퇴장. 황옥은 들고 있던 상자를 푼다. 단주의 유골 단지이다. 그녀는 무표정하게 유골을 저수지에 뿌린다. 그녀가 둑 아래로 내려오자 아도간 등이 모여 들어 둑의 이곳저곳을 구경한다. 수장

들 외에도 백성들이 하나둘 모여든다. 어떤 이는 제방을 구경하고 어떤 이는 황옥의 미모에 감탄하며 자기네끼리 수군댄다.

여도간 이거 대단합니다.

신귀간 앞으로 가뭄 걱정은 없겠습니다 그려.

유천간 그러게 말입니다. 가락국 백성들이 길이 감사할 것입니다.

아도간 수로 마마께서도 크게 칭찬하셨습니다.

여천간 어쩌면 이렇게 위용이 당당한지 모르겠습니다.

신귀간 말 그대로 물샐 틈도 없겠습니다. 하하….

아도간 (은근하게) 이 큰 공사에 참으로 수고가 많으시었소.

황옥 (자신 있는 미소) 칭찬이 지나치십니다. 수고야 이 사람이 도맡아서….

뒤를 돌아본다. 순간, 단주가 없다는 사실을 깨닫는다. 그녀는 말을 잊는다.

아도간 수로 마마께서 오십니다.

황옥 … 이 사람이 도맡아서 했지요.

수로 등장. 두 사람은 서로 마주본다.

아도간 두 분 다 노고가 많으셨습니다. 이제 경사만 남았습니다 그려.

신귀간   천수를 누리시고 함께 백년해로 하실 겝니다.

유천간   암요. 두 분이 화목하시면 우리 가락국도 두고두고 번성
             할 테지요.

여도간   여부가 있겠습니까.

유천간   황옥 마마야 온 백성의 칭송이 자자한 분 아니시오.

수로와 황옥은 침묵을 지킨다.

아도간   마마, 하례 드립니다.

여도간   무엇이라 말씀 좀 하시지요.

황옥   (사이. 자신을 추스른다) 과분한 칭찬이십니다. 제가 한 일이
             무엇입니까. 다 우리 주상 전하의 은덕으로 압니다.

유천간   어찌나 심지가 깊으신지!

수로는 여전히 침묵한다. 아란이 현무의 검을 들고 나타난다.

아란   (다른 사람은 신경 쓰지 않고 수로에게 곧장 다가간다) 인사를 드리
             러 들렀습니다. 요 근래 부쩍 수척하십니다. 아유타국 공
             주가 귀한 몸이라 하나 아직 어린 처녀이니 어찌 10년을
             모신 조강지처만 하겠습니까, 부디 몸을 중히 하시고 가
             끔 삭풍이 불거든 저이거니 여겨 주십시오. (가볍게 목례를
             하고 검을 건넨다) 이것은 이제 신물이 아니나 세월의 흔적
             으로 간직해 주시지요.

수로는 침묵한 채 받지 않는다.

아란   잊을 것은 잊고 간직할 것은 간직하셔야지요. 이 사람을 기억조차 않으시겠습니까. (여전히 대답이 없다) 정히 그러시 다면….

그녀는 순식간에 검을 뽑아 그의 가슴을 겨눈다. 모두 경악하지 만 움직일 수가 없다. 몇 초의 정적. 아란은 검을 휘두른다. 수 로의 목걸이가 끊어져 옥구슬이 요란하게 바닥에 흩어진다. 구 슬이 쏟아지는 음향이 계속된다. 아란은 옥구슬을 몇 개 들어 보인다.

아란   인연이 다하였으나 구슬은 깨어지지 않았습니다.

아란은 검을 수로의 발 앞에 던지고 사라진다. 모두 말이 없다.

3장. 비

구슬이 흩어지는 음향이 점점 거세지면서 소나기 소리로 변한다. 빗소리가 거세다. 무대 중앙에 혼례상이 마련되어 있다. 사람들이 하나둘 모여든다. 사람들 사이에 현무가 끼어 있지만 아무도 그에 게 신경 쓰지 않는다. 아이들이 결혼식 노래를 부른다.

아이들	거북아 거북아 기러기 불러라
	기러기가 날면 백년해로 한단다
	거북아 거북아 이리로 오너라
	혼례상 너머로 합환주 부어라
여도간	이거 참, 경사날에⋯.
유천간	글쎄 말입니다. 아무리 기다려도 그치질 않으니 언제까지 경사를 미룰 수도 없는 일이고 해서⋯.
신귀간	시원스럽게는 내린다만.
현무	여러분이 그렇게 기다리시던 비가 아니오.
유천간	그야 그렇소만
현무	이래서야 어디 민망해서 비를 주겠습니까.
신귀간	젊은이, 농담도 잘하시오.
현무	이리 비가 오지 않았으면 큰 불이 날 뻔 했습니다.
신귀간	그래도 이거 모양이 영 좋질 않잖소.
현무	(쓴웃음을 지으며) 예⋯ 그렇군요.
아도간	마마께서 듭시오.

성장(盛裝)을 한 황옥이 들어온다. 혼례상 앞에 옆모습을 보이고 선다. 그녀는 이제 거의 무표정하다. 수로가 반대편에서 등장하여 황옥의 맞은편에 선다. 그의 얼굴은 가면을 덧씌운 듯하고 움직임 은 마네킹 같아서 거의 살아 있는 사람 같지 않다.

사람들	예쁘다. 야⋯ 신부라면 저 정도는 돼야. 정말 좋겠다. 엄마,

나도 임금님한테 시집갈래. 마마도 꼭 청년 같으시구나.
너도 올해 나한테 시집와라. 어머, 미쳤나봐.

안홍이 아란의 나무 기러기를 가지고 들어와 혼례상 중앙에 놓
는다.

안홍 아란 마님의 마지막 전갈입니다. 기러기는 의가 좋고 한
번 짝을 잃으면 다시 얻지 않는 정절의 동물이니 이것을
혼례상에 놓아 백년해로를 기원한다 하셨습니다.

소녀 (오빠에게 속삭이지만 다 들린다) 아란 마마는 기러기가 돼서
날아갔대.

소년 바보야, 그게 말이 되냐?

소녀 내가 봤는데….

소년 아란 마마는 자결했대.

소녀 하얀 새가 빗속으로 날아가는 걸 봤어.

전령 급히 등장.

전령 마마, 급히 올릴 말씀이 있습니다.

아도간 무슨 일이냐?

전령 저, 그러니까 나으리의 자제분께서.

아도간 그놈이 뭘?

전령 스스로 성을 석이라 정하고 강 건너 계림에서 왕이 되었

다고 합니다. 나라 이름은 신라라고 한답니다.

여도간   설마!

아도간   그러고도 남을 녀석이오.

신귀간   그 작자가 보복을 하러 오지 않겠소?

유천간   계림에는 병력이 얼마나 있는가.

사람들이 술렁인다.

황옥   (침착하고 자신 있는 어조로) 여러분은 심려하실 것 없습니다. 계림은 지세가 불리하고 땅이 척박하며 소산이 적어 심히 미약합니다. 어느 모로 보나 하늘의 복을 받은 우리의 땅과는 비교할 수 없소. 우리 가락국은 부귀와 강성함으로 사해에 이름을 떨치고 태평성대를 누리되 앞으로 천년은 번성할 것이오. 그러니 지난 일은 다 잊으십시오.

모두 침묵한다. 무심한 소녀의 목소리가 중단되었던 노래를 가느다랗게 시작한다.

소녀   거북아 거북아 머리를 내어라
         내놓지 않으면 구워서 먹으리

현무는 조용히 한숨을 내쉬고 노래 가락을 따라 피리를 불기 시작한다. 비가 여전히 내린다.

막.   .

한국 희곡 명작선 135
망각의 나라

초판 1쇄 인쇄일   2023년 11월 20일
초판 1쇄 발행일   2023년 11월 29일

지 은 이   신영선
만 든 이   이정옥
만 든 곳   평민사
           서울시 은평구 수색로 340 〈202호〉
           전화 : 02) 375-8571 / 팩스 : 02) 375-8573
           http://blog.naver.com/pyung1976
           이메일 pyung1976@naver.com
등록번호   25100-2015-000102호
ISBN   978-89-7115-100-6 04800
           978-89-7115-663-6 (set)
정   가   9,000원

이 책은 사단법인 한국극작가협회가 한국문화예술위원회의 2023년 제6회 극작엑스포
지원금을 받아 출간하였습니다.

한국 희곡 명작선